이팝나무 시인

이팝나무 시인

초판 인쇄일 2023년 8월 20일
초판 발행일 2023년 8월 26일

지은이 이성룡
발행인 박정모
발행처 도서출판 혜지원
주소 경기도 파주시 회동길 445-4(문발동 638) 302호
전화 031)955-9221~5
팩스 031)955-9220
홈페이지 www.hyejiwon.co.kr

기획·진행 혜지원편집부
디자인 김보리
영업마케팅 김준범, 서지영
ISBN 979-11-6764-058-1
정가 12,000원

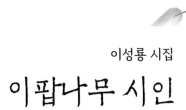

이성룡 시집

이팝나무 시인

혜지원

작가의 말 ——

나는 연루되었다.

세상의 모든 비극과 슬픔과 쓸쓸함에 관하여

세상의 모든 증오와 분노와 파괴와 절망에 관하여

나의 불찰과 부조리, 나의 오염된 언어는 연루되었다.

나의 알리바이는 너무 명확해서 부정할 수 없다.

정직하게 산다는 것

깨끗하게 산다는 것

그것 다 자랑할 수 있는 것은 아무것도 없다.

살아온 것이 다 불찰이고 부조리이다.

고독한 별 지구를 학대하는 가해자이고

세상의 불행과 절망에 가담한 공범이다.

오염된 세상에 연루된 나의 언어는 오염되었다.

나의 시어는 오염된 대지에 오염된 거리에 오염된 시장에

오염된 언어 불순한 언어로 굴러다녔다.

앞으로도 그럴 것이다.

제발 이 불치병이 낫기를...

2017년에 세 번째 시집 『오래된 부부』와 동시집 『풀벌레통
신』을 내고 6년 만에 네 번째 시집을 내게 되었다.

늦게나마 나에게 칭찬의 박수를 보낸다.

인생은 길다. 가능하면 많이 읽고 많이 써야겠다.

꾸준히 지지하고 격려하고 읽어주는 독자들에게 고마움을
전한다. 시를 쓰고 시집을 발간하도록 늘 격려해주는 나무꾼
부인 쎈녀와 나의 비타민인 세 아이들, 그리고 어머니와 형제
들에게 고마움을 전한다.

이성룡

목차 ——

_____

1부

이팝나무 시인

이팝나무 시인

이팝나무가
시를 쓰고 있다
해와 바람의 언어를
오월의 신록에
필기체로 쓰고 있다

연둣빛 이파리마다
순백의 잉크로 쓰는
이팝나무의 서정시
찬란한 스무 살과
스무 살의 슬픔에 관하여
혹은 오래된 부부의 풋풋함에 관하여
지상의 뭇 사연들을
생생하게 쓰고 있다

오월의 백일장 장원
이팝나무 시인은

순도 백의 무결점 시를 쓰고

나는 이팝나무 시인의 애독자

시시각각 발매되는

이팝나무 시집을

이팝나무 아래서 구독한다

입추

척후병이 왔다
곧 점령군이 들이닥칠 테지

언제나 그렇듯이 가을은
손들엇, 뒤로 돌아가!
여름에게 그렇게 명령할 것이다
그렇게 순한 점령군이라니

언제나 그렇듯이 여름은
몇 번의 저항이야 하겠지만
순순히 퇴각할 것이다
그렇게 순한 패잔병이라니

입추에 서서
나는 가을을 과하게 찬미해야지

햇살론

가을햇살은

태양이 베푸는 보편적 복지

부자에게도 빈자에게도

고루 스며드는 풍요로운 영양제

나는 굳이 사양하지 않으리

더 달라고 보채지도 않으리

담 아래 맨드라미 채송화

석류 대추에게도 고루 내민 손

이 선한 계절이 가기 전에

발의 더듬이 발의 기록에 맡겨

그저 숨을 쉴 때마다

햇살 한 움큼 삼키고

그저 하늘을 우러를 때마다

햇살 한 줌 얼굴에 잔뜩 바르리

삽 한 자루

모자를 푹 눌러 쓴
삽 한 자루
앵두나무 곁에 서 있다
지난 계절
삽의 성실한 복무를
농부는 망각한 것일까

함박눈 펑펑 내리고
겨울새와 귀한 햇살
겨우내 속삭이는 동안
언젠가 긴히
소용될 날을 기다리는
삽 한 자루

이윽고
흰 눈처럼 앵두꽃이 필 무렵
농부의 망각이 깨어나고

모종의 결심이 선 듯

삽 한 자루가

기지개를 켜고 있다

시간을 걷다

쇠락한 마을
고적한 골목
이방인 하나
시간을 거닐고 있었네

기억의 심연
아스라이 돌 때
문득
그리워 그리워

사뭇 돌아보면
빤히 바라보는 소녀들
맨드라미 수국
채송화 봉숭아

안산의 뻐꾸기
고즈넉이 울고

나는 거기
오래 서있었네

귀향

장독대였던가
샘가였던가
붉은 속살 여주가 헐떡이고
파초잎이 싱그럽던 곳

곤한 삭신을 일으켜
주절주절 이야기를 풀어놓는
늙은 살구나무 한 그루
내 유년의 단서

여주도 파초도 없고
친구도 아재도 사라진 자리
비빌 언덕으로 남은
늙은 살구나무 한 그루

그래그래
사는 것이 다 그래

탄식하지 마라

그냥 와서 푹 쉬려무나

늙은 살구나무 아래 서면

와락 안겨 오는

그리운 사람들

그리운 시절

살구꽃 유언

살구꽃 지는 날
살구꽃의 사명이 끝나듯

나도 언젠가
살구꽃처럼 사라질 거야

그러니 나도
분분히 흩뿌려다오

지극히 가벼운 생애
아무리 힘을 준들

내 화석은
출토되지 않을 거야

유유한 공기 속에
살구 향기로 떠돌겠지

푹

푹 쉬어

그래 너도 푹 쉬어

푹이라는 말

깊고 아늑하다

푹 쉬기

푹 자기

푹 빠지기

푹의 깊이만큼

그 말 따라가면

그새 당신 앞에 서 있는데

사랑하는 이여

당신에게도 푹이 있는가

이제 우리 사랑은

내 품의 깊이만큼

당신의 품도 깊어져서

이 봄 갈 때까지

절대로 나오지 말자

밑줄

푸르디푸른 여백에

밑줄을 긋고 가는 철새들

거기 푸른 연고 같은 구절

몇 개 있을까

먼 길 가는 철새들 몇 조

편대를 지어 지나가는 동안

교실에 남은 학습부진아처럼

아득한 문장을 배회하네

여백을 읽는다는 것은

경전을 외는 일보다 난해한 일

만리길 지시봉 아래로

떨어지는 새똥만큼 아득하여라

내 생에 그을만한 밑줄은

몇 개나 있을까

석양은 몽환처럼 피어나는데

부질없이 또 밑줄을 긋네

바람의 행선지

왜 나무에게

바람의 진원지를 추궁하는가

나무는 그저 제 몸을 흔들어

바람의 행선지를 보여줄 뿐

스스로 바람을 일으키지 않는다

바람의 혁명을 온몸으로 맞으며

빈 가지에 잎을 내고

빈 가지에 꽃을 피우는 일

그저 계절의 옷을 바꿔입을 뿐

나무는 나무의 일을 하는 것이다

함부로 나무를 흔들어

바람을 일으키지 마라

나는 연루되었다

이봐요 도깨비바늘씨
순한 사람 바짓가랑이를 붙잡다니
당장 그만 두시오
나를 부끄럽게 하지 마시오

당신을 만난 적 없는데
당신의 불온한 바이러스들은
결백한 내 몸에 왜
찰싹 붙어있는 것이오

하! 참 어떻게 당신이 내 곁에
이봐요 도깨비바늘씨
나는 당신에게 관심이 없는데
내가 당신과 연루되었다니

갈바람 향기가 달아서
코를 벌름거렸고

운동화 끈을 조여 맨 것뿐인데

나더러 자백하라니 하! 참

장미에 대한 연민

장미네 집을 방문할 때는
물 한 병을 들고 가야 해요
장미는 물을 좋아하거든요
장미의 미소 장미의 향기를
한 번이라도 맛본 사람이라면
늘 장미의 안부를 걱정해요

장미네 집을 방문할 때는
너무 많은 고민 할 필요 없어요
장미네 집을 방문하는 길
장미의 미소 장미의 향기가
다시 피어나기를 빌며
물 한 병을 들고 가야 해요

가을 장례식

급보를 들었다
웃녘은 이미 핏빛으로 물들었다고
기세로 보아
남녘에도 곧 닥칠 것이라고
오지랖 넓은 기자가 전해주었다
산천경개 만산홍엽
인산인해 희희낙락이
화면 밖으로 빠져나올 듯이 흥분했고
우리는 잠시 술렁거렸지만
가을 밖에서 서성거렸다

부고를 들었다
창백한 가을하늘 아래서
장엄한 장례식이 열린다고 했다
이 중대사에 가담하지 않은 자들은
치명적인 변고라도 생길 듯이
새빨간 부고장이 흩날렸다

상강 지나 입동 소설이 금방인데

그래도 조문은 가봐야 하지 않나

아내와 실랑이를 하다가

팔팔한 애마의 고삐를 쥐었다

가을 장례식장

생은 마지막에야 뜨겁게 타오르는가

늦게 도착한 조문객들이

서럽게 황홀한 노을을 등에 업고

바스락바스락

예를 갖춰 조시를 낭독한다

개옻나무 화살나무에는

아직 오색 만장이 걸려 있는데

뜻깊은 행사를 주관한 가을은

몸져누웠다

봄의 교향곡

적막한 골짜기
산꿩의 짝짓기 요란해도
허기진 개간지
산에 사는 사람에게
인적만큼 반가울까

탈탈탈탈
가르릉가르릉
비탈진 악보를 따라
씩씩한 행진곡을 연주하는
힘찬 경운기

탈탈탈탈
자갈자갈
경운기가 거친 숨을 뿜으면
간지럼 참지 못한 땅이
낄낄 서린나

겨우내

사모하는 마음

꾹꾹 눌러둔 경운기

팔팔한 근육을 움직이자

골짜기가 들썩거린다

기억의 힘

허물어진 돌담을 끼고
등이 굽은 벚나무 한 그루
갈바람에 잔뜩 웅크리고 있네요

늙은 종에게 급한 전갈을 쥐어주고
답신을 기다리는 폐족처럼
돌담길을 응시하고 있어요

선대에 누린 부귀와 영화를
그도 찬란하게 꽃피웠을 것을
누구도 짐작하지 못할 거예요

늙은 삭신에 버짐이 퍼지고
정수리에 얹힌 새싹 몇 잎
간신히 연명하고 있으니까요

하지만 나무는 기억해요

모세혈관 몇 줄기 살아있는 한

생명수를 길어 올릴 거예요

나무의 투철한 기억이라면

천년의 봄이 와도

찬란한 꽃을 피울 거예요

저 노익장의 칼칼한 몸부림은

기억을 차곡차곡

저장하고 있는 거예요

구구절절

나는 지금 예내리에 가고 있어
구구절절 해안선의 안내를 받아
단발머리 섬들과 눈인사를 하고
남국의 향연으로 가고 있어
봉래산 삼림지대 풍요로운 바다
그곳은 햇살이 남아돈다는군

나는 지금 예내리에 가고 있어
푸짐한 햇살만큼 인심도 후하다는 곳
공기만 마셔도 배가 부르겠지만
석양이 부서지는 해변에 앉아
낚시에 걸린 삼치를 굽고
한 움큼 커피도 따서 볶을 거야

나는 지금 예내리에 가고 있어
황톳빛 뜨락에는 파초를 심고
겨울에는 도열한 종려 사이를

맨발로 걸으며 해바라기 할 거야

청석금 꼭두여는 신들의 정원

내 놀이터이기도 하지

나는 지금 예내리에 가고 있어

거기 우주센터도 있다는데

천고의 고향 떠나온 별밭에

귀향할 쪽배 하나 띄우고

내 마음의 신대륙 예내리에 대해

구구절절 이야기할 거야

나의 자연인 답사기

자연인 한 사람 알고 있어

그 사람 어떻게 자연인이 되었냐면

모태솔로 치료차 산으로 놀러 다녔다네

정분 나기 딱 좋은 어느 봄날

외로운 사나이 숲의 정기를 흠뻑 마시는데

아름드리 적송 한 그루가 유혹하더라네

가슴 엉덩이 푸짐한 것은 물론이려니와

탐스러운 허벅지 은밀한 사타구니

거기 움푹 파인 보조개 하나가

바지 앞섶을 불끈 일으켜 세우더라는군

그래서 그만 거기다 욕정을 배설하고 말았다네

얄궂어라

부리나케 내려왔다지 뭔가

풍진 세상 외로운 늑대로 울부짖다가

고독 더하기 고독할 무렵 또 산으로 갔대

그 적송 솔방울을 주렁주렁 달고는

더 요염한 자태로 유혹하더라네

부끄러움은 지난 일

그 짓거리 또 하려는데

하, 글쎄

갑자기 광풍이 몰아치더라는 거야

후두둑후두둑

솔방울들이 우박같이 떨어지는데 아이고야

그것들이 바짓가랑이를 붙잡고는

아부지아부지 아부지아부지

아부지아부지 아부지아부지

애절하게 부르더라는 거야

아유 그냥 하, 그냥 이 작것들이

아유 그냥 낯바닥이 후끈거리는데

누가 볼세라 하나씩 주우면서 한다는 말이

오메 내새끼들 그래 이새끼들

그 후 산막 하나 짓고

산과 연애하면서 알콩달콩 산다나 뭐라나

별호

안개나무 이름은

꽃이 안개처럼 피어서 그렇다

이팝나무 이름은

꽃이 이팝처럼 피어서 그렇다

별호가 신사인 사람은

착하니까 신사라 하고

별호가 짠돌이인 사람은

인색하니까 짠돌이라고 한다

한 사람보다는 몇 사람이

몇 사람보다는 많은 사람이 호명하면

별호는 그 사람의 인격이다

나도

내 작은 화단에 피는 꽃들처럼

좋은 향기 풍기는 별호를

하나 얻고 싶다

2부

———

청개구리에게 묻다

후박나무

비밀이 다 새나가겠다

무슨 큰일을 도모하느라

저리 갑론을박이 길어진단 말인가

누구 귀를 후벼파려고

저리 생경한 뒷담화를 한단 말인가

모종의 회합을 위해

촘촘한 가지 싱그러운 잎으로

근사한 연회장을 마련했건만

새들의 언행이 경박하다

농부의 삽이 지나간 밭이랑을 따라

이따금 일제히 진격을 하고

소요는 반복된다

연세에 비해 팔팔한 후박나무야

비밀한 자리 맘껏 내줄 수 있지만

거, 어르신 귀 아프지 않겠나

거, 무슨 야박한 말씀

자고로 살아있는 집은 떠들썩한 법

비밀 좀 새나간들 뭐라고

맘껏 속삭이려무나

품이 큰 후박나무

새들의 마을 새들의 공론장이다

태양의 자식들

봄에 심은 옥수수
장맛비 그치면 쑥쑥 자라겠지

쑥쑥 자란 희망을 안고
옥수수를 보러 갔었지

웃자란 환삼덩굴 무리가
옥수수를 에워싸고 있더군

하! 탄식한들 별 수 있나
다 태양의 자식들인 것을

공손한 편지

마음씨 착한 농부님,

일전에 보내주신 보약 잘 먹었습니다

덕분에 몸 성히 잘 지내고

친구들에게도 고루 나눠줬습니다

동봉하신 해충퇴치제는

배추 쑥갓 고추에게 나눠줬더니

나름 기력을 회복한 듯하더군요

다만 기특하다고 좀 어루만졌더니

쑥스러운 듯

자기주도적 성장력이 약한 듯

근자에 남 앞에 나서기를 꺼려합니다

의젓한 제가 잘 돌볼 테니

농부님은 굳이 품을 들여 오시거나

쓸데없는 근심을 거두시기 바랍니다

아무튼 과분한 관심에 보답하기 위해

바르게 클

아, 아니 빠르게 클게요

잡초 올림

공손한 편지에 대한 답장

잡초야 보거라

너의 근자감이 방자하구나

일찍이 너의 행동거지에 대해 들은바

네가 태양의 적자 운운하면서

태양이 베푼 보편적 복지

바람이 준 선물 맘껏 누린들

내 어찌 탓하겠느냐만

착한 배추 뺨 때리고

야윈 쑥갓 목을 조르면서

내 선택적 복지까지 가로채더구나

그게 어찌 공정하고 정의롭다 하겠느냐

주말 낮술 약속을 포기하고

업무상 횡령과 착복에 대해

현장 조사를 할 참이니

부디 성실한 답변을 하기 바란다

추신

심히 아프게 들리겠지만

내 말 명심하기 바란다

너는 농부의 자식은 아니란다

뭔 말인지 알지?

먼 봄

웬 날벼락인가

부지런한 농부의 삽 위에서

졸린 눈을 끔벅거리는

개구리 한 마리

아이쿠! 미안하구나

농부의 사과를 받자마자

폴짝

흙 속으로 파고든다

그래, 더 자거라

경칩이 멀었구나

임종

까딱하면

오늘을 못 넘기겠네

소슬바람을 견디는 감나무

마지막 잎새

풀벌레들은 저마다의 처소에서

자지러지게 곡을 하고

정중히 고개 숙인

때까치 한 마리

임종을 지키네

여치

조석으로 찬바람 싸한데

시든 억새 꼭대기에 앉은

여치

고공농성을 하네

내 생애 최고의 순간

부디 가지 말라고

아무렴 그렇지 그렇고말고

갈바람의 당부에

끄덕끄덕

억새도 추임새를 매기네

청개구리에게 묻다

비 내린 지 며칠째인가

까마득하구나

폴짝폴짝 청개구리야

너는 비를 맞으려고 나왔느냐

비를 피하려고 뛰어가느냐

대답하기 싫으면 그만두려무나

실은 나도

비 오는 거리에 왜 홀로 서 있는지

알 수 없는걸

길 위의 뱀

건너려면 건너라

언덕을 올라온 풋풋한 뱀

잠시 주춤거리는 것은

내가 무서웠을 터

그렇다고 다시 내려가다니

너의 불안이

나에게 걱정 하나 안겨주는구나

네가 이 길 건넜다는 것을

눈으로 확인할 때까지

이 길 다닐 때마다

나는 머리털이 곤두서겠지

잠깐 멈춰 서있을 테니

한 번

스윽

지나가 주면 안 될까?

뱀허물

아무 데나 옷을 벗어놓다니
예끼! 칠칠맞은 놈

거, 남 허물은 왜 들추시나
지나온 생의 성찰인 것을

몇 개의 허물을 벗어야
생이 아름다워지는지

허물 벗기 두려운
그대는 알까

아기뱀

서리 이미 내려 추운데
혼돈의 언덕을 혼자 기어가느냐
아가야
한 번도 겪어보지 못한 계절을
너는 그만 만나고 말았구나
세상 물정 모르는 어린 것이
아직 할 일이 남았던 거냐
부러 어미로부터 멀어진 거냐
혹시 가을의 유혹에 빠졌거든
그만 서둘러 어미를 찾거라
의지가지없는 비정한 세상
너의 상심만큼
긴 굴을 흘러나오는 한숨
네 어미의 겨울이 길겠구나

거리두기의 달인

늙은 바위에서 일광욕을 즐기던
꽃뱀
가부좌를 풀고 사라진다
손님을 위한 배려인가
침입자에 대한 공포인가
낼름거리는 혀와 꼬리까지
길게 끌고 가는 의문부호에
아득한 거리감이 누워 있다
낯선 이들끼리의 조우에
호기심보다 경계심이라니
그래, 적당한 거리는
최선의 평화이지
달리기를 잘하는 꽃뱀
거리두기의 달인임은 분명하다

토비어천가

무장무장 큰비 내리는데

간절히 기록해야 할 일이 있던가

급류가 휩쓸고 간 황톳빛 칠판에

일필휘지를 갈기는 지렁이

자벌레만큼 웅크렸다가 드렁이만큼 펴서

무엇을 기록한다는 것은 고행이다

비는 또 애쓴 문장을 지우는데

수고로운 기록이 도로 지워지는 것은

다시 허망한 일이다

그러나 어디 쓰는 것만 기록이던가

썼다가 지우는 일도 기록하는 것

우둔한 토목의 역사를 쓰고

해마다 예고하고 덤비는 큰비에

속수무책 지워지는 것도 기록인 것을

그 허망한 기록을 재생하는 것

인간이 하는 짓이다

그래 지워지면 다시 기록해야지

참담과 슬픔이 납작하게 누워있는 곳

짧아진 연필심을 다시 길게 늘여

간장의 썩은 눈물로 일보일배 써내려가는

기록관 토선생의 근면에 대하여

나도 기록해둔다

독거

콩!콩!콩!

방의 가장자리를 뛰어다니는

귀뚜라미

심심하니 놀아달라는 거냐

나도 심심하기는 마찬가지

우리는 서로 혼자니까

하지만 너 혼자 놀려무나

우리는 어차피

들어올 때 혼자였듯이

나갈 때도 혼자일 테니까

만추의 달이

혼자 이울어가듯이

우리는 서로 모르는 사이로

어둠의 적막을 혼자 건너자꾸나

바다에 대한 통찰

날씨가 산뜻한 낚요일

반나절을 손맛 대신 입맛만 다신 초보 낚시꾼

흡착한 엉덩이를 떼어내더니

옆지기의 어망을 들여다보며 중얼거렸다

이 바다에는 우럭 아홉 마리만 살고 있었군

그때

옆지기가 한 마리를 더 채 올리자

떼던 발걸음을 멈추고 한마디 덧붙였다

한 마리 더 있었군

곧 경쾌한 발걸음이 이어졌다

고등어는 졸지 않는다

시외버스정류장 입구

시린 좌판에 시린 고등어

눈을 크게 뜨고 있다

아침 눈빛과 정오의 눈빛이

무척 달라졌지만

졸지 않은 것만은 분명하다

외투를 잔뜩 껴입은 노파가

꾸벅꾸벅 졸다가 깨면

몇몇은 이따금 자리를 뜨고

몇몇은 그대로 남아

등이 더욱 시려오는데

이별을 기다리는 노파와

만남을 기다리는 고등어의 시간이

좌판에 멈춰 있다

인적이 붐비는 거리

나를 데려갈 사람 누구요?

고등어의 눈이 두리번거리는데

인연은 거기까지인가

시린 등을 녹여줄 사람 대신

시나브로 함박눈이 쏟아지고 있다

———

3부

뿌리를 내린다는 것

수선화

당신이 예뻐하시던

수선화

나도 찬찬히 봅니다

당신의 향기가

화르르

내 몸에 옮겨 붙습니다

꽃이 진들

그 향기

끄기 어려울 거예요

당신 없는 집

붉은 꽃 지는 마당에

쭈그려 앉아

나는 봅니다

당신 보시기에

예쁜 꽃

당신인 듯 어루만집니다

요양원의 녹슨 기관차

천구백이십 년산
녹슨 기관차 한 대가
숨을 헐떡거리고 있다

흠결 없는 유산으로 장착한
강력한 엔진
그러나 근대의 상징이 되지 못한
식민지의 무용지물
봉건조선이 남긴 충성스러운 백성은

두 번의 징용과 두 번의 탈주를 하고
염전에서 소금을 캐고
산판을 뛰고 쟁기질을 하고
집안 대소사에나 소모되던
신석기혁명의 오래된 유물이었다

천지개벽의 세상에

계속 남겨지고 싶다던 기관차의 엔진이

방전이 가까운 듯 깜박거린다

이월된 한 세기가

끝내 저물고 있다

다시 온 봄

늬가 봄을 묻혀 왔구나

내 새끼들 창꽃맨키로 화사하고

봄냄새가 향긋하니 좋다

이른 봄 산밭 일 할 때

눈에 든 꽃이란 꽃들이 다 이뻤니라

마당에 수선화 화들짝 피었겠구나

동백은 또 얼마나 서럽게 떨어졌을꼬

이런 중정머리 없는 것 봐라

새봄 보기는 글렀다고

하마 깊이 든 잠 깨지 않기를 바랐더니

그 봄 여러 번 왔다 간 것을

다시 온 봄은 다 늬들 고생이니라

사시사철 추운지 더운지 모르고

목욕 이발에 로숀 발라주지

아플 때마다 치료도 해주니

저승사자도 차마 못 데려가는갑다

저승이 아무리 꽃밭이라 한들

너희 얼굴 보는 것보다 나을까

창창한 너희한테 짐이 돼서 미안하다만

이승에서 또 한 봄 만났으니

이렇게 맨날 봄이 와서

백 살도 살고

천 살도 살면 좋겠구나

봄은 맘껏 보라고 봄이란다

어서 가봐라

그참에 봄이 다 가불겠다

어머니, 꼬부랑어머니

객지에서 학교 다니던 시절
통일벼와 보리가 섞인 포대며
희멀건 양념으로 무친 찬거리를
바리바리 싸주시던 어머니

정류장으로 가는 길
굽어진 길 돌다가
짐을 내려놓고 돌아보면
동구밖에 오래 서 계시던 어머니

집 떠나 직장생활을 하고
결혼을 하고 아이를 줄줄이 낳고
어머니 근처에서 서성거릴 때도
격려와 근심을 함께 하시던 어머니

찬거리를 드리고 돌아서는 길
담에 기대 기역자로 따라오다가

채송화처럼 바닥에 주저앉는

어머니, 꼬부랑어머니

선택

중신에미 말만 듣고 와서 본께

동란 끝난 지 십 년이나 됐는디

집구석이 폭탄 맞은 방공호맨키로 어지럽고

째깐한 머시매들이 줄줄이 서이나 나오드라

알고본께 중신에미년이

느그 아부지 총각은새로 홀애비에다

나이를 열다섯이나 속엤드란말다

이도령보다 최 잘생긴 느그 큰 성은

패로와도 눈이 똥글똥글허니 영 의정시러운디

두짜 성은 검부작맨키로 희멀거니

꺼져가는 화롯불 보대끼 짠하드라

작은 성은 누가 업어주까 저슬 주까

배고파서 굴름시롱 서럽게 울어쌌는디

차마 눈물 없이는 못 보겄드란말다

모다 땅깨비맨치로 패싹 몰라가꼬

하내할매보다 애기들 몬차 죽게 생겠는디

잡녀르 삼시랑들은 써커스 귀경하대끼

늬가 어찬가보자 허고 나를 훑어보드라

미와도 그렇게나 미울레라

낸중에 느그 성들 외가에 인사 갔는디

오마 늬가 인자 우리 딸이다

늬는 여수같은 씨엄씨한테 참지 말그라와

그람시롱 곰말에서 돈을 빼서 주드라

느그 외할매 말을 들은 외하내가

소락대기를 침시롱 외할매를 쫓아내부러서

외할매가 벌벌 떰시롱 나를 델러 왔드라

외할매 손에 꽉 잽헤가꼬

걸음시롱 도라꾸 얻어 탐시롱 외가로 돌아간디

씨연험시롱도 가심이 어치께나 영치던지

메칠 되도 않은 동안 젂어본께

느그 할매나 아부지 하는 지서리를 봐서는

뒤도 안 보고 달베가고 잡더라마는

느그 성들이 그렇게 눈에 볿히드란말다

메칠 느그 외가에서 끙끙 앓고 있는디

나가 미쳤든가 귀신이 씨였든가

느그 외하내할매가 새랖에서 곤대고 막어싸도

나, 가봐야겄소 하고 걍 와부렀다

하매 볼쌔 육십년 가차이 돼부렀구나

샹치 여물 되새금질 허대끼 살어온 시상 생각하면

심동할매 말대로 책을 썼으먼 멫 권을 썼겄제만

여그 안 왔다고 좋은 시상 살었을까 싶고

느그 칠남매 오붓허니 잘 산 것 본께

그것 볼라고 그랬는갑다 싶다

대떼 오날날로는 나가 젤로 복받은 것도 같다

옥천아재가 자석들한테 늘 이야기한다드라

동림아재 행제들맨키로 우애있게 살어라

동림아재 행제들맨키로 우애있게 살어라

느그 큰성이 사촌행제들 모태서도 지둥인디

죽어부러서 심이 없겄다만

어쨌든지 시방까지맨키로 우애있게 살그라

느그 아부지 미련퉁이같이 고상만 했다

다섯 행제 중 느그 아부지가 두짠디도

큰아부지하고 민장작은아부지는 양재 보내고

젤 지식다리 없고 이문도 모른 아부지를

하내 대를 잇게 했는디 왜 그랬겄냐

심이 장사에다 곧이곧대로 말 잘 들은께

농사일 부레묵을라고 그랬제

일머리는 있어서 멀 탄복하게 잘하기는 한디

행제들 전답까지 싹 채금을 지고

돈 들어올 구녕 없이 삭신만 축내다가

낸중에사 노가대도 가고 산판도 댕김서

저러크롬 폴다리가 다 고장나부렀단말다

시상에 시상에나

싹다 께울배기에 인정머리조차 없을레라

큰아부지 큰어매는 모시적삼에 담배 꼬나물고

신선맹키로 할랑할랑 부채나 부치고

작은아부지 둘은 민사무소 댕기고

한사램은 또 째깐한 점방 보제

그라니 느그 아부지가

모냥만 장손이제 머심이나 다름없었니라

하내는 죽시바닥에서 점잔키로 소문났재만

암것도 몰른태끼 곰방대만 물고 있고

할매는 쌔깨미눈으로 쥐잡대끼 지천함시롱

가치사니 없는 것들하고 나 숭이나 본단말다

느그 아부지는 나 펜들 생각은새로

중정머리없이 입서리를 꾹 다물고 있으면

대떼 느그 민장작은아부지가 나 펜들어주드라

미련해도 미련해도 그렇게 미련할레라

맨날 고상시게서 미안하다고 함시롱도

한시라도 나 안 보이먼 시상 무너진대끼

맴생이맨키로 뛰댕김시롱 찾어댕긴께

놉일이고 믹공장이고 펜히 댕기도 못했니라

효도하고 행제간 우애는 백점인디

마누래 복창달리기도 일등이니라

느그 아부지 속창시를 어채 모르것냐마는

장꽁같이 성질머리가 급하고 더두사니라서

잘한 것도 말로 다 까묵는단말다

그람시롱 인자서 나 걱정한 것맨치로

느그들한테 나를 고래장 시케불라냐고

느그 어매한테 가고 잡다고 저 난린디

나가 여그 요양원 느그 아부지젙으로 온 것도

선참 나 신상이 게로와서 숨게부렀다

캄캄한 새복에 나무 폴로 읍에 갔다가

먹국재 올라오먼 거그서 느그 큰 성을 만난단말다

지 손으로 동상들 밥 채레 놓고

십리질 중핵교 몬지 폴폴 나는 질을 나섰으니

얼매나 짠하고 목이 콱콱 멕히것냐

그래도 궂다 소리 한 번 안 하고

항시 어무이 어무이 함시롱

나 걱정 몬차 한단말다

양성소 나와 선생이 된께 뿌듯한 것이 엊그젠디

정년퇴직했으면 연금이라도 받아묵는단 말재

지지리 고상만 하다가 가부렀구나

느그 행수도 딴 건 몰라도

지사 지내니라고 고상 참 많이 했다

자석 너이 키우니라 산 사람 풀칠도 심든디

죽은 구신들 챙기니라고 욕 봤제

두짜 성은 젤로 패로와서

늘 어치께 전디고 사까 걱정했는디

엘로 건강허고 회사도 정년퇴직하고

즈그들끼리 잘하고 산께 안 좋냐

작은 성은 젖도 못 묵고 큰 것을

일찌거니 지름공장 농공장으로 보내놓고

지나 우리나 얼매나 맘이 아펐겄냐만은

불팽 한마디 없이 배운 기술 잘 풀어 묵어서

느그 성 심 많이 봤다

아야, 나 죽으먼

행오나 메 쓸라 하지 말어라와

화장해서 쩌그 건짐산 보고 뿌레부러라

농새 짓는 집이 전답 하나 없어서

던적시러운 까끔 하나 샀는디

그나마 거그서 감재고 메밀이고 해묵었니라

그 까끄막 꼭대기서 건짐산이 훤히 보인께

거그 쳐다봄시롱 훨훨 날아가게 뿌레불고

지사고 머시고 암것도 하지 말그라

뵈이도 안한 구신한테 절이 머다냐

나사 암시랑도 않다

인자 갈 날이 얼매 안 남었는가

꿈을 꾸먼 어채 그렇게 옛날 것이 보인가 몰라

까끔밭에서 일하다 어느새로 캄캄해져부렀는디

얼미산 여수들이 항꾸네 쏘체 내래오제

방까모퉁이서는 도채비불이 빤닥빤닥한디

놀래서 집으로 달베가먼 또 저승사재라

그란디 나 조깐 데래가씨요 한단말재

대떼 나잔 살래주씨요 나잔 살래주씨요 한단말다

저승사재가 왔다가 도로 가분 것이

아즉 젊은 것이 짠허게 보엤든갑서

가끔 느그들 얼굴 보고 소식 들은 걸로는

백년이고 천년이고 살고잡다마는

이렇게 쌍으로 요양원에 있으면

느그 돈만 축내고 직장 댕기기도 심든께

존니레 자다가라도 죽어야쓰끈디

오마 백살까지 살으라고?

느그 아부지는 오래 살고자퍼서

우리 한울이 국민핵교 가는 것 보고 죽어야재

우리 한울이 중핵교 간 것 보고 죽어야재 하듬마

개놈들이 우리 손지 군대 데꼬 간다고

소락대기를 질러대고도 안즉 오래 산디

나도 인자 그라먼 느그 아부지맨키로

늬 교장 되고 한울애미 민장 할 때까정 살먼

복도 그런 큰 복은 없었다

요양원 들어온 뒤로 대때 몸이 좋아진께

벨 욕심을 다 부레본다

씰 데 없는 생각 말고

느그 몸이나 성하고 건강하게 살어라

얼렁 가봐라

한울에미 퇴근했것다

양뼈에 대한 기억

양뼈장수가 왔다
양뼈처럼 앙상한 여인이 함지를 내리자
파리떼들이 착륙과 이륙을 반복했다

정물의 마을이 생기를 얻고
여러 주머니를 뒤진 동림아지매도
여인의 양뼈에 돈을 걸었다

마당의 무쇠솥 아궁이에서
아들의 여름방학이 끝날 때까지
연기가 씩씩하게 피어올랐다

방학 내내 양뼈국물에 밥을 먹고
누추한 소굴로 떠나는 아들을
동림아지매는 짠하게 배웅했다

동림아지매는 더러운 것을 먹었다는데

아들은 최고로 맛난 보양식이었다고

요양원을 살짝 소란스럽게 하고 있다

아버지의 편지

지난해 봄
아버지는 이승의 주소지에서
퇴거를 하셨다
이제
아버님전 상서도
택배도 보낼 수 없다

새봄
서툴게 밭을 일구는데
아버지는 내 주소를 기억하시는가
아지랑이 편에 보내온 편지지에서
자상한 영농일기가
한 이랑씩 일어나고 있다

행간에
불쑥불쑥 튀어나온 파란만장을
나는 밑줄을 그으며 읽는다

편지를 읽는다는 것은 기쁜 일

부족한 문해력이나마

편지지의 여백까지 헤아려 읽는다

살아 구술한 아버지의 연대기를

나는 왜 기록하지 않았던가

뒤늦게 읽은 아버지의 말씀을

경전을 외듯이

이랑마다 꾹꾹 눌러

한 톨 한 톨 새긴다

아버지의 업적을 지우다

밭과 밭 사이에
아버지의 업적이 쌓여 있다
아버지의 시대
한 톨 곡식을 지키기 위한
다랑이밭 층층겹겹 돌무더기
아버지의 수고가 의연하게 박혀있다

아홉 살부터 염전을 일구고
징용을 두 번 갔다가 도망하고
빨치산에게 이유 없이 얻어맞고
대소가 허드렛일 임무를 짊어지고
농사와 막노동 산판일
세상만사 두루 짊어진 연대기가
거기 집약본으로 편찬되어 있다

아버지 없는 세상
나는 감히 아버지의 허락 없이

돌무더기를 빼내 경계를 허물고

나뉘고 구분된 것들을 합치고 버무려

낯선 이름의 나무들을 심는다

식민지 시절 씨름판에서

연거푸 마흔 명을 쓰러뜨렸다는

아버지의 전설이 지워지고 있다

아버지의 자서전이 소멸된 땅은

이제 내 뜻을 충실히 받들 것이다

그리고 언젠가는

누군가 내 불효막심도 지울 것이다

산신제

수호신이시여

정령들이시여

저희 비록 미천한 가문이오나

멸종해가는 주자가례를 받들어 고하나이다

대대손손 구전으로 들은바

남루한 형편에도 선한 마음 가득

흠결 없는 족보를 물려주신 조상님들

이부자리를 포근하게 펴주시고

죽마 뛰놀던 선산 울창하게 굽어살피소서

조상들과 한 동산에 웅거하신 신들이시여

다산의 전통을 반세기 만에 말아먹고

명문대 판검사 의사 한 명 없이

벌족의 의무를 저버리고

명년에 또 올지 알 수 없는 후손을 나무라시되

가만히 계신 조상들은 너그러이 보살피소서

인자하신 수호신이시여

다정하신 정령들이시여

벌초대행업자를 손수 불러 벌초를 마치고

편의점에서 손수 사온 햇반이며

명품 정육점에서 손수 떠온 돼지수육과

재래시장에서 손수 주문한 생선과 나물

술장고에서 손수 꺼내온 소주 막걸리를

정성 들여 바치오니

맛없는 음식은 반품하시고

부족한 음식은 추가 주문하시고

권커니자커니 담소를 나누시며

흠향하소서

그나저나

혹시 실망하실 신들이시여

부디 이 명당 두고 다른 데 가지 마소서

별나라학교

객지 학교로 떠나는 버스정류소에서

엿을 사주시던 봉동아재

벽돌 한 장 막걸리 한 잔

번갈아 쌓고 마시던 남동아재

장날 십리 길 소달구지에 누워

별나라 구경시켜주시던 순동아재

까까머리 소년은 자라서

국민학교 선생이 되고

결혼을 하고 아이도 낳아

그분들처럼 즐거운 아재가 되었는데

모두 오래전 별나라학교에 가셨다

지구에서 제일 형이었던 아버지는

늦게 입학하신 바람에

별나라에서는 새내기 학생이겠다

죽기 전 방조제 공사 현장 구경하겠다고

내 차에 올라 아이들처럼 신이 났던

동네 어르신들,

나는 언제 그 먼 길 가서

미처 인화하지 못한 사진 보여드릴까

사뭇 그리움이 도지기도 하는데

학교 잘 다니신가요?

오래된 느티나무

아직 거기 계셨군요

동네 어르신들 다 이승을 떠나시고

어른이 되기 전에 떠난 조무래기들은

어느 하늘 아래서

어르신들처럼 뿌리내리고 살아가느라

까마득히 잊고 있었거든요

어르신,

아직 거기 계셨군요

어르신이 들려주신 옛이야기는

잊혀진 옛고향

면면한 신화

오래된 기억의 힘입니다

무릎 아래 해당화

가까운 발치에 능소화 찔레꽃까지

벌족한 가문을 거느리시고

그렇게 정정하시다니

그렇게 의연히 살아계시다니

감사합니다

감사합니다

분청사기 견문록

산나물 캐는 외발괭이에
허약한 조선의 파편들이 드러나고
마늘 캐는 호미에
깨어나는 민중들의 거친 숨소리

운곡마을 스물일곱 기 요지에서
비밀의 문이 열리자
골짜기마다
환희와 탄식이 메아리쳤다

당신은 달처럼 맑고 고운 사람
나는 당신의 살을 더듬는 사랑꾼
이 사랑
운곡의 그리메에 천년을 속삭여요

자상한 사내의 귀얄 숨결에
순한 여인의 귓불이 붉어지고

시원스러운 덤벙 손길에

뽀얀 살결이 후끈 달아올랐다

그리고 사랑은 파편이 되었다

벽촌의 예인 박양수의 손에서

귀얄 덤벙 분청사기가 되살아난다

사라진 도공들이 모여들고

흩어진 파편들이 조각을 맞춘다

천년의 사랑이 부활하고 있다

치과에 온 여자

한 손으로 턱을 받친 채
입술을 앙다문 여자
손을 떼면 와그르르
잣알 같은 이가 쏟아지기라도 할까
손에 잔뜩 힘을 주고 있다

천고의 신음이 응결된 듯
잔뜩 찌푸린 눈
뺨은 발그스레해졌지만
마냥 아리따운 여자
어쩌다 충치들의 합숙소를 허락했을까

간호사의 호출에
일생을 맡긴 사람에게로 향하듯
여자는 벌떡 일어선다
친절하신 의사선생님,
제발 저 여인의 탄식을 멈춰주시기를

치료를 마친 여자가

봉인해둔 비밀을 꺼내듯

마침내 입술을 활짝 열자

봄바람이 살랑거리고

화분의 시든 꽃들이 살아난다

씩씩한 전사로 수렵을 하고

보석처럼 가지런히 배열된 이로

날 것을 물어뜯으며

수만 년 미각을 진화시켜온 여자

미의 세계를 입속에 구축한 여자

늙은 농부의 소원

주인이 늙어가듯

밭도 늙어가는걸

노인은 아랑곳없이 유자 묘목을 심는다

한파에 죽으면 또 심고

운 좋게 살아남은 묘목을 기뻐하듯이

자식 가운데 하나가 와서

이 거룩한 땅 어루만져주기를

간절히 바라는 것이다

땅값 올리려는 수작이라거니

가망 없는 짓이라고 수군대지만

어찌 알겠나

호시탐탐하는 귀농인이 지칠 무렵

비빌 언덕 필요한 자식 하나가

장원급제 금의환향하듯

백발 흩날리며 귀향할지

이름표

풍문을 타고 온 그는

가슴에 붙어있던 이름표처럼

툭 떨어졌다

땅에 떨어진 이름표는

참혹하게 납작했다는데

누군가 생의 하중 때문이라고 울먹거렸다

생전에 그는

녹슨 양철지붕처럼

몇 군데 구멍이 뚫렸었다는데

저마다 산다는 것이

풍문에 반응하는 갈대처럼

제 울음을 삼키는 일뿐이었다

땅에 떨어진 이름표를

누구도 새로 달아줄 수 없듯이

붉은 녹물을 뒤집어 쓴 사람들은

납작한 이름표 앞에 경건하게 서서

가까스로 매달린 제 이름표를

만지작거릴 뿐이었다

훌쩍 떠난다는 것

버리고 떠나는 일이
꼭 아픈 것만은 아니야
더 머무르다가는 구차해지니까

강아지풀에 앉은 잠자리가
미풍의 간섭도 없이
훌쩍 떠나듯
마음이 동요할 때 그냥 떠나는 거야

북반구의 겨울철새든
여의도의 정치철새든
떠날 때는
둥지에 묻은 손때를 잊어야 한다
때로 그것은
훈장이 아니라 치욕일 수 있거든

육신을 혹사하여 마련한

둥지는 금이 가고 퇴락했는데
촛불을 켜놓고 훈고의 맹세를 한들
감동은 없는 것

일생의 거처를 마련하려던 계획은
수포로 돌아갔지만
나는 이제 자유다
바지랑대 끝에 선 잠자리처럼

뿌리를 내린다는 것

한곳에 뿌리를 내린다는 것은 가망 없는 짓인가

마지막이라고 찾아들었다가 또 발을 떼지만

다시 뿌리 내릴 곳이 생긴 것은 행운이야

그래 이삿짐을 싸자

언젠가 또 떠나기 위해 잠시 뿌리를 내리는 거야

무엇일까 문득 싸하게 아려오는 것은

떠나려는 자의 가슴 한편에

시나브로 잠입하는 무형의 정체가 있다

혹시 이별의 복선일지도 몰라

누구나 먼저 자리를 뜰 때는 아프니까

쉬익- 도롱뇽 한 마리

쑥스러운 듯 끄덕끄덕 인사를 하고 간다

아아, 도롱뇽 두꺼비 민달팽이

나 떠나면 주차장이 들어선다는데

그들에게 지하세계 건설 임무가 맡겨졌구나

퇴거명령서를 읽어본 적 없고

이사 비용도 받지 못한 것들

무엇이 운명을 결정하는지 모른 채

도로명주소 아래 어둠의 세계로 스며들면

생태계 하나가 영영 봉인되겠구나

오미자 한 박스

언니, 미자 언니

잘 지낸다는 언니 소식

진즉 듣고는 있었어

영영 벗겨지지 않을 것 같던

땟국물 벗은 지 오래라니

얼마나 기쁜지 몰라

언니, 그랬잖아

중학교 일 년 늦게 가도 좋아했고

출세의 주문처럼 단어장을 외우던

용감무쌍하던 언니였건만

교복을 벗어 던지고 떠난 뒤

생의 변두리를 서성거렸잖아

총총한 별밭 아래 누워

푸른 꿈을 키우던 조숙한 언니

내 유년의 소꿉동무

비록 꿈길은 끊어졌지만
사진첩 없이도 길동무가 되니
시간여행은 참 편하네

가시내야 이거 갖고 가
서방하고 마셔봐 달달해
앵두를 한 움큼 쥐어주듯이
언니는 또 한 보따리 쥐어주네
단맛 신맛 매운맛 쓴맛 짠맛
언니 생이 가득 담긴
오미자 한 박스

보름밤

보름달의 느긋한 귀갓길이었습니다

허름한 집 흐릿한 불빛 속에서

웃음소리가 새어 나왔습니다

낮게 도란거리는가 하면

이따금 자지러지는 웃음소리가

골목의 정적에 살짝 파문을 던졌지요

그 웃음의 정체를 탐문하고 싶어

울타리에 귀를 바싹 대자

장미꽃 향기가 와락 안기더군요

그 방의 함박웃음의 원인을

어찌 짐작이나 했겠습니까만

나는 그 집에 들어가고 싶었습니다

그 방의 일원으로 끼고 싶었습니다

하지만 달의 인력에 이끌리듯이

이내 돌아서고 말았습니다

보름달만큼 크고 넓은 가화만사성에

나는 압도당하고 말았습니다

두툼한 비닐봉지를 손가락에 끼고

타박타박 집으로 향해 가는 길

달빛은 쌀가루처럼 내려 쌓이고

내 발걸음은 점점 빨라졌습니다

보름달

여보,
자?

시방
잠이 와?

창밖의 달
농염한데

드르렁
드르렁

당신은
피곤한 사람

나는
미안한 사람

쎈녀와 나무꾼

윗동네에서 동해로 미사일을 쏜 모양인데

미사일이 내 이마를 향해 날아온다면

나더러 어디로 도망가겠느냐고?

흥!

아내 허락 없이는 아무 데도 못 간다

별밤의 비망록

비망록을 펼쳐본다는 것은
빈집의 오래된 문패를 바라보는 것처럼
푸르디푸른 슬픔이 역류합니다

옛 애인을 만나면
잠시 몇 마력의 혈압이 상승하다가
이내 황망히 돌아서 가듯이

이윽고 그녀의 슬픔이 범람하는 소리를 들었습니다
강이 없는데 그녀의 눈물은 어디로 흐를까요
물길이 나도록 내 어깨를 살포시 받쳐주었습니다
그러자 콸콸 소리를 내며 강물이 흘렀습니다
사랑에는 왜 슬픔이 웅크리고 있는지
내 어깨는 하릴없이 흠뻑 젖었습니다

비망록의 마른 눈물이
사뭇 흘러넘칠까 봐 얼른 덮어버렸습니다

못다 한 사랑은 시효가 없는 까닭입니다

아아 그러나 다시 돌아서서
멀어져가는 옛 애인을 오래 바라보듯이
나는 비망록을 다시 펼쳐 듭니다

그리고 밤새도록 반짝반짝 닦아 주었습니다
그녀에게서 가을에게로 올 때
한 묶음의 별을 두고 온 것을 깨달았으므로

4부

—

신발을 벗은 사람

마음 경유지

마음과 마음 사이에
경유지가 있다
마음 전하실 곳
농협 000-000-0000
마음배달부가 배달한 마음은
배달사고도 없다고 한다

코로나가 창궐하자
마음에서 마음으로 가는 길이
초고속으로 가까워졌다
마음을 배달하기 위해
국토를 횡단하거나
시간을 종단할 필요가 없다

시시때때로 찾아오는
마음 경유지 안내장
통장 잔고를 확인하는 내 마음

이 마음은 진심일까

내 마음 받은 그 마음

몹시 궁금하다

나도 '알 수 없음'님처럼 탈옥하고 싶다

안물안궁 단톡방에서

이름을 남기고 사라지는 것은

스스로 제 무덤을 파는 짓이다

그런 강심장이라면

큰일을 도모할 수도 있겠지만

판을 주도한 사람들에게는

심각한 사회성 결여자이다

박제된 이념과 저렴한 신념 속에서

나는 날마다 살해당하고 있다

불쑥불쑥 발기하고 봉기하는 감옥에서

달아날 쪼잔한 방법은 없는가

머뭇거리는 사이

'알 수 없음'님이 나갔습니다

이 얼마나 통쾌하고 장한 일인가

무기수 '알 수 없음'님의

감쪽같은 해방을 축하한다

나도 '알 수 없음님'처럼

종신형 카옥에서 탈옥하고 싶다

신발을 벗은 사람

신발 함부로 벗지 마라

그런 말 함부로 하지 마라

그가 신발 함부로 벗었겠느냐

슬픔에 전염된 이여

그의 행방에 관해 수소문하지 마라

바람인들 어찌 짐작하겠는가

그가 벗어놓은 신발 속에서

아득히 멀고 깊은 서사를

나는 읽는다

맞지 않은 신발을 신고 벗기까지

그 신발에 스민 신산과

서늘한 결단을

나는 덤덤하게 헤아릴 뿐이다

다만

신발 벗는 이여

벗은 신발 가지런히 두지 마라

그 신발 벗기까지

얼마나 고마운 벗이었던가

그렇게 정돈된 슬픔을

아무에게나 보여주지 마라

가늘고 길게

짧고 굵게 살다 가겠다고

노래를 부르더니

소원대로 명줄이 일찍 끊어지더군

싹둑 잘린 명줄을 자로 재보니

서른도 안 되더라고

예수보다 빨리

소월보다 급하게

가기는 갔는데

얼마나 굵었는지는 알 수 없었어

자를 든 사람들에 따라

치수가 정확하지 않아서 말이야

누가 그러더군

아마 생전에 싼 똥은

굵었을 수도 있다고

또 어떤 사람은

똥이 너무 굵으면 똥꾸가 찢어진다고

그래서 그날부로

나는 가늘고 길게 살기로 했지

천국으로 가는 지름길

거나하게 한 잔 꺾은 그는

만류하는 손을 만류하고

애마의 엉덩이를 찰싹 때렸다

그러자 애마가 대신 취한 듯

비틀비틀 질주하기 시작했다

다가닥다가닥

십리쯤 신나게 누볐을까

암수한몸처럼 헤롱거리던 그들은

혜성같이 나타난 전봇대와

스모 맞수처럼 정면으로 부딪혔다

물론 마지막 인사도 없이

또한

천국으로 가는 지름길이

겨우 십리 안에 있다는 것을

그는 알지 못했다

보약

성경에 여백이 있으면
누구나복음 1장 1절에
꼭 덧붙이고 싶은 말
불경에 공백이 있으면
오지랖넓다심경 서문에
꼭 모시고 싶은 말

사랑하라 아낌없이 사랑하라
용서하라 조건 없이 용서하라
버려라 티끌마저 버려라
그 보약 같은 말씀
내게는 하지 말아줘
그렇게 좋으면 너나 실컷 해

약을 팔더라도
먼저 먹어보고 팔아야지
민주 정의 공정 외치는 놈들치고

그대로 사는 놈 봤냐고

제발 나에게 술 권하는 것 말고는

아무것도 권하지 마

하지 못한 욕

나는 내가 하는 욕을 듣는다

꿈속에서 속사포로 내뱉은 욕이

현실에 발설되었다는 것을

나는 비몽사몽간에 깨닫는다

어쩌다 거대한 통나무에 눌렸을 때

통나무의 하중에 맞서 욕을 뱉으면

내 배 위에서 후퇴하는 아내의 육중한 다리를

나는 현실 감각으로 느낄 수 있다

나에게 잠재된 장사의 힘인지

아내의 다리에 부여된 자유의 힘인지

그건 알 수 없지만

욕은 반전 타개책으로 유용하다

텃밭 잡초들과 민달팽이들

부끄러웠던 일을 혼자 기억해낼 때도

시원하고 질펀한 욕을

나는 섬뜩하게 듣는다

쉽사리 하지 못한 욕

발사대에 장전된 채 기다리다가

내 발등에 떨어지는 소심한 욕

나는 분명히 욕쟁이이다

사랑도 명예도 이름도 남김없이

사랑도 명예도 이름도 남김없이

한평생 나가자던 뜨거운 맹세를

이제 그만 하려고 하네

지나간 것은 첫사랑처럼 서툰 짓

남길만한 사랑도 명예도 이름도 없이

거품 물고 씩씩거린들 뭐하겠나

늙은 종마의 탄식 대신

황혼에 반짝이는 은빛 강에

내 사랑 잔잔히 띄우겠네

사람 만들기

거,

뭘 그렇게 분개하시나

뭘 그렇게 꾸역꾸역 가르치려 하시나

자격증도 없으면서

수업료 받을 것도 아니면서

살아 지옥 죽어 탈북

큰물이 휩쓸고 지나간 뒤

임진강변에서는 종종 시신이 발견된다는데요

갓난아기와 임산부와 늙은 어부까지

김일성 배지가 달린 부패한 시신들이

정착지를 찾아 부유하고 있다는군요

도대체 저 임진강 북쪽에는

얼마나 위대한 공화국이 있어

지도자의 배지를 부적처럼 달고

시신마저 자신의 태생을 인증했을까요

그 잘난 공화국이라면

배반할 그 무엇이 있어

제 육신을 시구문 밖으로 던져

세상에 대고 작심발언을 했을까요

무엇이 그토록 간절하여

영혼을 소거한 육신의 무거운 덩어리를

누런 강물에 엄폐한 채

하류로 떠밀어 보냈을까요

이렇게 쉬운 망명이 있을까요

이렇게 쉽게 얻은 자유가 있을까요

국토의 변방마다 생사의 갈림길인데

살아 이룰 수 없는 소원을

죽어서 이룬 사람들입니다

순국선열에 대한 묵념

순국선열에 대한 묵념이 하달되었고

모두 단정히 고개를 숙였다

그러자 살냄새가 확 풍겨왔다

고급 미니스커트보다 고급한 다리가

창백한 자작나무처럼 엄숙하게

바닥에 뿌리를 박고 있었다

저 충직한 다리에서 향기가 나다니

이내

사타구니에서 급류가 흐르고

모세혈관이 파열될 듯 동요했다

점점

뭔가 위험수위를 넘어 범람하고

뺨은 열이 오르고 벌게졌지만

차마 불경스럽게 고개를 들 수 없었다

묵념이 끝나고 앉을 때

뒷자리의 애국시민이 상냥하게 속삭였다

묵념하는 모습이 무척 경건하군요

바지 앞섶은 이따금 정전기가 일어나고

창밖에 벚꽃이 분분하게 흩날리는

봄날이었다

코로나공화국

우리가 지금 산다는 것은
그저 퇴적되어 가는 것
캄브리아기 오르도비스기처럼
그저 퇴적되어 화석으로 남는 것

생산하고 먹고 배설하고
학설을 세우고 뒤집고 우기고
우리의 식탐은 무럭무럭 자라서
조류와 삼엽충의 퇴적지 위에
변비 걸린 담론을 배설하는 것
배설물에 뒹굴며 허우적거리는 것

운 좋은 돌연변이 사피엔스가
지구라는 별에서 벌이는 일 따위란
고작 퇴적지를 향해 가는 고행이다
여객기를 격추하고 고사포를 쏘고
화형을 하고 문자폭탄을 날리면서

어머니의 젖을 쥐어짜는 불효막심이다

웃고 떠들고 울고 짜다가

스스로 배양한 바이러스에 놀라

기껏 제 모가지를 지킨답시고

사회적 거리두기 총동원령을 내리고

적의와 분노를 탑재한 군상들

혐오와 증오로 무장한 코로나방위군을 풀어

제 종족의 종아리나 걷어차는 꼴이라니

끝나지 않은 전쟁

궁색한 휴전 선언으로

우리가 기껏 발견한 교훈이란 것이

지독한 가학성과 잔혹함 아니던가

승자는 누구인가

코로나인가 인류인가

토착 왜구인가 토착 빨갱이인가

신적폐인가 구적폐인가

전사자들의 무덤을 깔고 앉아

간신히 붙어있는 제 모가지나 쓰다듬고

이 빌어먹을 공화국의 인민으로

나는 구차하게 살아가야 하는가

세상은 누가 설계한 것인가

내 삶을 주관하는 것은

신인가 대통령인가 아내인가

코로나인가 음모인가

지랄염병의 근원

코로나의 숙주 지구의 오염원

녹슨 양철지붕 아래로 떨어지는 빗물보다

영양가 없는 생이여

이럴 바에야

우리는 삼엽충으로도 남지 말자

석장리 고분으로도 남지 말고

산둥 발 미세먼지보다도 흔적 없이

코로나기에 멸종해버리자

코로나적

적이다

소탕하라

버짐처럼 번지는 저

잉여의 바이러스를 섬멸하라

민족의 반역자

인류와 상종 못 할 적

승리하려거든 거리를 두어라

역적 코로나적

이건 필시 천산갑의 재채기 때문일 거야

이건 필시 네안데르탈인의 복수일 거야

토착 천산갑 토착 네안데르탈인

그들이 바로 인류의 적폐다

살고 싶거든

흩어져라 갈라서라

네 편 내 편으로

산산이 쪼개져 증오하라

코로나여 코로나여

적은 어디에 있는가

시구문 밖 거적에 덮인 주검에

혐오의 깃발이 나부끼나니

적폐 사냥

적폐다
적폐가 나타났다
적폐를 잡아라
적폐를 처단하자

적폐를 찾고
적폐를 잡아
적폐를 처단하는 일
시대의 숭고한 소명이려니

딴지 거는 놈은 적폐다
이런 시를 쓰는 놈도 적폐렷다
와아-
적폐 잡으러 가자

적폐를 찾아 어슬렁거리는
저 적폐사냥꾼의 등짝에
딱지 하나가 번들거린다
적폐!

구걸의 달인

가난을 훔치는 사람이 있다
그가 훔친 가난으로
가난을 던 가난한 사람은 없다

슬픔을 훔치는 사람이 있다
그가 훔친 슬픔으로
슬픔을 던 슬픈 사람은 없다

그게 뭔 자랑이라고
떨어진 구두를 신고
마른 눈물을 짜느냐

훔친 가난으로 표를 사고
훔친 슬픔으로 권력을 얻는

가난의 달인
슬픔의 달인
구걸의 달인

파리들의 급식소

파리들의 식탁은 걸다

거하게 차려진 식탁에 둘러앉아

나방파리 벼룩파리 집파리 검정파리 쉬파리

경제공동체끼리 빨대를 꽂고

원 없이 빨아댄다

이빨 사이에 낀 것도 없이

파리들은 편식하지 않는다

파리들은 덜어먹지 않는다

파리들은 남기지도 않는다

파리들은 배고프다고 울고 짜지 않는다

파리들은 배부르다고 한 박자 쉬지 않는다

그저 씹고 뜯고 빨아댄다

아, 못된 종자들

착륙한 무한지대를 통째로

침을 발라놓고 독식하던 파리들

끈끈이로 발목을 묶고

에프킬러로 숨통을 조이고

촛불로 태워도 사라지지 않는 종자들

갈아엎은 파리들의 급식소에서

또다시 파리들이 들끓는다

빨간 파리 파란 파리 가릴 것 없이

노획한 전리품에 빨대를 꽂는다

파리는 파리일 뿐

공정한 파리 정의로운 파리는 없다

오늘도 어제처럼

파리들의 식탁은 걸다

내뱉은 말을 다시 주워 담다

가을햇살은 보편적 복지라고 떠벌린

나의 헛소리는 집어치워야 한다

아무 데나 쏟아지는 햇살이라고

아무에게나 무료로 배달되리라는

나의 햇살론은 수정되어야 한다

저 높은 햇살이 어찌 처소마다 미치랴

주인의 발자국소리만 기다리는 개돼지들과

가재 붕어 개구리가 서식하는 곳까지

한 줌 햇살의 자비를 바라는 것은 허망하다

세상의 그늘진 곳은 이승이 저승일 뿐

빌딩숲 발아래 숨 막히는 반지하방과

지친 삭신을 아라뱃길에 내려놓은 이십대 자매와

번개탄으로 마지막 불꽃을 피워 올린 석촌동 세 모녀와

자유를 찾았으나 굶어 죽은 탈북 모자에게

어떤 잉여의 햇살도 다가가지 않았다

어쩌나 햇살도 독점하는구나

저 크신 가을햇살도 눈이 멀어

특권과 반칙으로 가로챌 수 있구나

시렁 위의 곶감처럼 쏙쏙 빼먹고

혓바닥에 침만 바르면 공정하고 정의롭구나

가을햇살은 보편적 복지라고 떠벌린

나의 헛소리는 집어치워야 한다

누구나 손만 벌리면 받아먹을 수 있는 것이

저 공평무사하신 햇살이라는

나의 햇살론은 이제 수정되어야 한다